Chanoine BÉZA 1915

ALLOCUTION

PRONONCÉE

LE DIMANCHE 2 MAI 1915

A la Messe

Célébrée dans l'Église de Saint-Sauveur (Oise)

POUR LE REPOS DE L'AME

Du Capitaine TENANT DE LA TOUR

Glorieusement tombé au Champ d'Honneur

Le 13 AVRIL, 1915

COMPIÈGNE

IMPRIMERIE DU « PROGRÈS DE L'OISE »

1915

Chanoine BÉZARD

ALLOCUTION

PRONONCÉE

LE DIMANCHE 2 MAI 1915

A la Messe

Célébrée dans l'Eglise de Saint-Sauveur (Oise)

POUR LE REPOS DE L'AME

Du Capitaine TENANT DE LA TOUR

Glorieusement tombé au Champ d'Honneur

Le 13 AVRIL, 1915

COMPIÈGNE

IMPRIMERIE DU « PROGRÈS DE L'OISE »

1915

ALLOCUTION

PRONONCÉE

LE DIMANCHE 2 MAI 1915

A la Messe

Célébrée dans l'Eglise de Saint-Sauveur (Oise)

POUR LE REPOS DE L'AME

Du Capitaine TENANT DE LA TOUR

———◦———

Mon Colonel,

Messieurs les Officiers du 8ᵐᵉ Cuirassiers,

Mes Chers Amis,

C'est pour l'un des vôtres glorieusement tombé au champ d'honneur, le 13 avril dernier, que j'offre en ce moment le Saint Sacrifice de la Messe. Je me ferais un scrupule de détourner un seul instant votre pensée de ce vaillant officier pour lequel nous devons prier ensemble. C'est donc sa belle physionomie, toute auréolée du martyre, qu'il vient de subir pour la chère France, que nous allons contempler durant quelques instants. L'enseignement moral que je cherche à vous donner chaque Dimanche, je le demanderai aujourd'hui aux grandes leçons que nous transmet, jusque dans la mort,

Marie-Louis-Antonin-François Tenant de la Tour, capitaine au 78ᵐᵉ d'infanterie, récemment encore lieutenant au
8ᵐᵉ cuirassiers....

★ ★ ★

Messieurs, le R. P. Lacordaire a prononcé cette admirable parole : « Je veux est le mot le plus rare qui soit au
monde bien que ce soit peut-être celui que l'on prononce le
plus souvent.... Quand un homme en a appris le terrible
secret, fût-il le plus pauvre et le dernier de tous, soyez
assurés que vous le retrouverez un jour au-dessus de
vous !... »

Rien n'est plus vrai.... La volonté est la qualité maîtresse
de la vie... C'est à l'acquisition de ce trésor que nous
devons tendre de toutes nos forces, si nous voulons toujours
rester dignes de nous-mêmes, si nous voulons être certains
de ne jamais chanceler dans le chemin de l'honneur et de la
vertu.

Mais vous entendez bien, Messieurs, qu'il ne s'agit point
ici d'une volonté de simple parade, d'une volonté qui se
manifeste par des paroles plus ou moins solennelles, mais
qui ne va pas plus loin et s'évanouit au moment où elle
devrait entrer en action.

La volonté dont je parle est toute autre. C'est cette fer-
meté d'âme qui se traduit sans cesse par l'effort, qui n'hésite
devant aucun obstacle, devant aucune difficulté, qui accepte
les sacrifices les plus douloureux, qui ne recule même pas
devant la mort pour mieux réaliser l'idéal entrevu, pour
remplir le devoir jusqu'à son extrême limite.

Heureux ceux qui possèdent cette énergie de caractère,
cette volonté indomptable ! Ils n'auront jamais à rougir
d'eux-mêmes ni devant Dieu, ni devant les hommes, ils
sauront souffrir et cela leur assurera toutes les victoires.

«Il n'y a pas dix maximes de guerre, disait dernièrement un commandant à ses soldats, il n'y en a même pas deux... il n'y en a qu'une et la voici : Savoir souffrir ! »

Et développant sa pensée en une admirable page, dont je ne vous citerai que quelques extraits pour ne point abuser de votre attention, l'officier ajoutait : « Savez-vous, par exemple, pourquoi nos tirailleurs noirs sont de si rudes combattants ? C'est parce qu'ils savent souffrir ! Le général Mangin aime à raconter l'histoire de ce simple sergent qui, le soir du guet-apens de Zinder, réunit les sept hommes qui lui restent ; il se souvient tout à coup qu'un article des règlements militaires lui prescrit de rendre compte aux chefs de tout ce qui s'est passé... Alors il culbute tout devant lui et se décide à gagner le premier poste français... Ce poste est situé à onze cents kilomètres ! La distance de Dunkerque à Perpignan !... Peu importe ! Il y arrive après cinquante-sept jours d'une marche atroce : les pieds mutilés, le corps rongé par la fièvre, mourant de faim... mais faisant le salut militaire et disant en son jargon au chef de poste : « Mon officier, moi y être content de pouvoir vous rendre compte que... »

Oui, concluait le Commandant, partout et toujours, dans toutes les formes que le combat peut prendre, il y a une loi d'airain, une loi inflexible, une loi qui domine tout le reste, et cette loi c'est le mépris de la fatigue, de la souffrance et de la mort... Il faut mépriser la fatigue comme ces soldats russes qui, arrivant l'autre jour sur le front, harassés, exténués, suppliaient leurs chefs, avec des larmes dans les yeux, de les conduire immédiatement à l'assaut !... Il faut mépriser la souffrance comme ce clairon cité à l'ordre du jour de l'armée, qui, la mâchoire fracassée, trouvait encore moyen d'approcher sa trompette de ses lèvres saignantes au moment où le colonel ordonnait : « Sonnez au drapeau ! » Il faut mépriser la mort comme ces zouaves de Ramsca-

pelle qui, ligottés et portés sur le front des lignes alle-
mandes, criaient à leurs camarades hésitants : « Mais tirez
donc, les gars, tirez quand même ! »

Vous devinez bien, n'est-il pas vrai, Messieurs, pourquoi je vous parle de cette force de volonté qui dompte
toutes les réclamations du corps et de la nature, qui impose
silence à tous les murmures, à toutes les défaillances de la
sensibilité.

Je vous en parle parce qu'elle m'apparaît précisément
comme la marque distinctive de ce vaillant officier dont
votre très sympathique Colonel avait, ces jours derniers,
« le très grand chagrin en même temps que la très grande
fierté de vous apprendre la fin glorieuse » (1).

Ce n'est point à moi, Messieurs, de vous apprendre ce
que fut le capitaine de la Tour... Vous l'avez tous connu et
je n'ai point eu cet honneur... « Vous n'avez point oublié
(et ce sont encore les expressions de l'ordre si vibrant de
patriotisme qui vous a été lu) vous n'avez point oublié sa
saine et franche gaieté, l'entrain, le courage de ce superbe
soldat... »

Eh bien ! suivez le dans toutes les étapes de sa vie militaire, suivez-le tout particulièrement dans les événements si
douloureux qui se sont déroulés depuis neuf mois, et vous le
verrez toujours debout, méprisant le danger, n'ayant qu'une
seule ambition : travailler, agir, faire son devoir et le faire
le plus largement possible.

---

(1) Ordre du jour du Colonel ***, commandant le 8me cuirassiers.

Le plus largement possible ! oui...

Au combat de Neufchâteau, par exemple, il restera à son poste, calme et presque souriant au milieu de la pluie des balles et de l'ouragan de la mitraille ; il ne se retirera que sur un ordre formel de son capitaine commandant.

A la suite de la blessure qu'il a reçue à Hollebeke, il obtiendra deux mois de convalescence ; ne croyez pas qu'il acceptera d'en jouir jusqu'au bout. Il se reprocherait de s'accorder un repos dont il ne se sent point l'absolue nécessité... après trois ou quatre semaines de soins, dès qu'il se croira à peu près rétabli, il viendra reprendre sa place au milieu de ses frères d'armes.

Lorsqu'enfin, sur l'ordre de vos chefs, vous êtes ramenés à l'arrière pour y trouver un peu de calme bien mérité et surtout pour vous y préparer, dans une sorte de recueillement, à l'irrésistible poussée qui chassera bientôt les Barbares de notre sol national qu'ils foulent encore, hélas, à l'heure actuelle, le lieutenant de la Tour est encore au milieu de vous... Mais voici que bientôt son âme ardente, son âme d'apôtre souffre de ne plus pouvoir se dépenser, se donner, se sacrifier.

C'est alors qu'il prend une grande résolution... c'est alors qu'il demande à passer dans l'infanterie pour retourner plus rapidement au poste du dévouement et de l'héroïsme... Son cœur, je le sais, se déchire, ses larmes coulent quand il songe à se séparer de vous. Il aimait tant son cher régiment !... Mais que lui importe la souffrance quand il croit entendre la voix de sa conscience ! Plus le sacrifice sera douloureux, plus il sera heureux de l'accepter pour la plus sainte des causes.

Et c'est au milieu de ce 78e d'infanterie où il a conquis tout de suite « comme au 8e cuirassiers, l'estime de ses chefs, l'amitié de ses camarades et la confiance de ses

subordonnés » (1). C'est au sein de cette nouvelle famille
militaire qu'il aime ardemment parce qu'il y retrouve les
mêmes qualités de courage et d'énergie, mais qui ne lui fera
jamais perdre votre souvenir, c'est là qu'il va tomber, si
promptement, hélas ! au service de la Patrie ! Il tombera,
mais sans se démentir un seul instant, donnant jusqu'à sa
dernière minute l'exemple d'une merveilleuse sérénité
d'âme et d'un héroïque mépris de la souffrance, consacrant
les suprêmes accents de sa voix mourante, non pas à se
plaindre, mais à encourager ses hommes à se porter en
avant.

Voilà bien, Messieurs et mes chers Amis, cette force de
volonté dont je vous parlais au début de cet entretien, cette
force de volonté capable d'entraîner ceux qui la possèdent
jusqu'aux sommets les plus hauts de la vaillance !

Cette force d'âme, le capitaine de la Tour en avait puisé
le premier germe dans ses convictions religieuses ; apparte-
nant à une famille profondément chrétienne, il croyait de
toute son âme en l'infinie bonté du Père qui est au ciel... il
savait que la Main du Tout-Puissant dirige les moindres
événements d'ici-bas pour le plus grand bien de ses fragiles
créatures... Quel motif de réconfort aux heures de
l'épreuve !... Fidèle à l'accomplissement de tous ses devoirs, il trouvait dans cette fidélité même, une intarissable
source de paix et d'espérance. Il connaissait enfin la justice
du Dieu des armées. Il savait qu'en sacrifiant sa vie pour son
pays, un soldat chrétien ne cueille pas seulement les lau-

(1) Ordre du jour du Colonel.

riers de la gloire humaine... Si nobles et si beaux qu'ils
soient, ce serait vraiment trop peu en face de certains sacrifices — mais qu'il mérite aussi les palmes éternelles et
l'indicible bonheur du ciel !...

Oh ! Messieurs, quelle reconnaissance ne doivent point à
Dieu ceux qui possèdent cette foi ardente et généreuse !
Comme elle leur rend plus facile la montée parfois si rude
du devoir ! Comme elle les aide à sauvegarder, à relever
leur dignité humaine ! Comme elle rend leur vie plus
sereine, et, si la mort vient les frapper, comme elle fait leur
agonie plus douce ! Comme elle ménage à ceux qui les
pleurent la plus douce de toutes les consolations, celle que
donne l'espoir de se retrouver un jour là-haut pour ne plus
jamais se quitter !

Cette force d'âme, le capitaine de la Tour la devait
encore aux exemples qu'il avait eu sous les yeux.... Pour
n'en citer qu'un, son frère, le jésuite, l'aumônier militaire,
un vaillant entre les vaillants aussi celui-là, n'avait il pas été
cité à l'ordre du jour il y a quelques semaines... N'avait-il
point reçu la croix des braves pour l'admirable élan avec
lequel il avait ramené au feu quelques pauvres isolés ren-
contrés sur sa route... Permettez-moi, Messieurs, d'adresser de loin un respectueux salut à ce religieux, mon frère
dans le sacerdoce... Permettez-moi de lui dire toute ma
reconnaissance pour l'honneur que sa noble conduite fait
rejaillir sur notre sainte religion et sur tous les prêtres de
Jésus-Christ !

Pour fortifier encore davantage, s'il en avait été besoin,
ce qu'avaient déjà formé en lui les convictions religieuses et
les grandes leçons de la famille, le capitaine de la Tour n'a-
t-il point enfin vécu au milieu de vous dans une atmosphère
d'inlassable et d'indomptable énergie ?

Je m'incline avec la plus sincère et la plus profonde admiration devant l'universel héroïsme de tous nos soldats, mais n'ai-je point le devoir, en face du Dieu de toute vérité, de rendre un hommage tout particulier à cet irrésistible entrain, à cet esprit de discipline qui dominent dans notre incomparable cavalerie française.

Je sais qu'on a pu vous demander déjà, Messieurs, et qu'on pourra vous demander demain encore tous les sacrifices et tous les dévouements sans jamais avoir à craindre de votre part une hésitation ou une défaillance.

Ne m'a-t-on pas raconté, hier même, le fait sublime de ces dragons quittant leurs tranchées quand toutes leurs munitions sont épuisées, mais y rentrant de suite et sans aucun murmure dès qu'ils en ont reçu l'ordre, se battant comme des lions, à coups de crosse puisqu'ils ne peuvent plus tirer, tombant l'un après l'autre au poste qu'ils ont reçu mission de défendre. Ne m'a-t-on pas raconté hier encore l'histoire héroïque de ce régiment de hussards dans lequel tous les hommes, officiers et soldats, mettent pied à terre pour se porter au secours d'une division d'infanterie menacée.... Ils n'ont pas même de baïonnettes au bout de leurs fusils ! Qu'importe ! Ils s'élancent à l'assaut d'un village dont il faut s'emparer, et ils s'en emparent !

Un colonel commandant des troupes de ligne dans la glorieuse région des Eparges, n'écrivait-il point tout dernièrement que sur cinq officiers de cavalerie passés sous ses ordres, cinq étaient déjà morts au champ d'honneur, donnant à ceux qu'ils voulaient entraîner la plus belle de toutes les leçons, celle de l'exemple.

Honneur à vous, mon colonel, de commander à de tels hommes ! Honneur à vous, mes chers amis, de combattre sous de tels chefs !

L'admirable vaillance que je signalais tout à l'heure dont le capitaine de la Tour n'est point une exception chez vous...

elle est la règle générale dans vos rangs... elle est la fleur naturelle de votre grande et belle arme !

Ah ! Conservez la toujours, et, permettez-moi de vous le dire bien affectueusement en terminant, faites la passer dans votre vie toute entière...

Soyez des vaillants en face des devoirs que vous imposent les heures terribles que nous vivons ! Qu'il s'agisse du repos très relatif dont vous jouissez à l'arrière, qu'il s'agisse de la solitude d'une garde aux avant-postes, qu'il s'agisse de l'entraînement de la mêlée générale, ne fléchissez jamais ! Soyez toujours des soldats modèles, des soldats sans peur et sans reproche !

Soyez des vaillants en face des dangers qui peuvent menacer votre vertu, votre dignité humaine ! Ces dangers existent, vous le savez aussi bien et mieux que moi. Tenez-vous sur vos gardes ! Repoussez avec une sainte fierté tous ceux qui chercheraient à vous entraîner vers le vice. Chassez de votre cœur et de votre esprit, fuyez dans vos pensées, dans vos lectures, dans vos fréquentations, dans vos actes, tout ce qui abaisse, tout ce qui avilit, tout ce qui déshonore. Restez coûte que coûte, dignes de vous-mêmes, dignes de votre régiment, dignes des êtres aimés que vous avez laissés au foyer domestique et qui attendent votre retour avec une si légitime impatience.

Soyez enfin des vaillants au point de vue chrétien ! Si vous n'avez point la foi, ne vous détournez point de la religion sans avoir étudié les bases sur lesquelles elle repose. Faites-vous un point d'honneur de chercher la vérité loyalement et sérieusement, sans vous laisser arrêter — et c'est en cela que consistera votre vaillance — par les difficultés que vous rencontrerez, par les efforts qu'il faudra faire.... Si vous avez la foi, montrez-le, sans arrogance, sans orgueil, en respectant toujours les opinions de ceux qui ne pensent pas comme vous, mais montrez-le sans crainte et sans timi-

dité... Ne vous laissez jamais détourner de vos devoirs religieux par cette honteuse faiblesse indigne d'un homme,
d'un Français et surtout d'un soldat, qui s'appelle le respect
humain. Méprisez, car en vérité elles ne méritent que le
mépris, les plaisanteries stupides, les railleries grossières
que pourront vous adresser ceux dont l'esprit n'est point
assez grand pour comprendre la sublimité de nos dogmes
sacrés.

*
* *

Messieurs je ne sais si je me trompe, mais je m'imagine
volontiers que durant ces six longues heures qu'il passa
sur le champ de bataille, baigné dans son sang, le capitaine
de la Tour a plus d'une fois pensé à son cher 8ᵉ cuirassiers !

Je m'imagine volontiers qu'il y songeait encore au moment où son fidèle ordonnance, dont la conduite fut si admirable, le transportait au poste de secours.

Je m'imagine volontiers que votre image tant aimée passait
une dernière fois devant ses yeux déjà voilés par la mort,
en cette minute suprême, où, frappé de trois balles, il sen-
tait la vie s'échapper pour toujours.

Je m'imagine volontiers qu'en arrivant là-haut, près de
Dieu, dans le royaume de la paix éternelle, l'une de ses pre-
mières prières dût être pour vous qui furent si longtemps
ses vaillants frères d'armes.

Je m'imagine volontiers enfin qu'en ce moment même son
âme rayonne au milieu de nous, sollicitant de votre charité,
une ardente prière ; et m'inspirant à moi-même la pensée de
vous redire une dernière fois cette parole de nos saints
livres qui semble résumer toute sa vie : « *Estote fortes in
bello* ». Ah ! Mes amis, soyez des vaillants ! Soyez des
vaillants dans toute la force du terme et dans toute l'accep-
tion du mot ! Soyez des vaillants partout et toujours !

Soyez des vaillants au point de vue naturel comme au point de vue surnaturel ! Soyez des vaillants pour résister aux ennemis de la France, comme à l'ennemi de votre âme ! Soyez des vaillants pour défendre et délivrer votre chère patrie d'ici-bas, la douce France, et pour mériter d'être un jour admis auprès de Dieu dans l'éternelle patrie du ciel !

Ainsi soit-il !

www.ingramcontent.com/pod-product-compliance
Lightning Source LLC
Chambersburg PA
CBHW070804200626
46811CB00023B/1800